LES
POËTES ILLUSTRES
DE LA POLOGNE
AU XIXe SIECLE

I

JULES SŁOWACKI
UN ÉPISODE EN SUISSE — LE TOMBEAU D'AGAMEMNON

II

SIGISMOND KRASIŃSKI
L'AUBE DU GRAND JOUR

PARIS
E. PLON et Cie, IMPRIMEURS-ÉDITEURS
10, RUE GARANCIÈRE

1876

POËTES ILLUSTRES DE LA POLOGNE

AU XIXᵉ SIÈCLE

JULES SŁOWACKI

UN
ÉPISODE EN SUISSE

SZWAJÇARJI

JULIUSZA SŁOWAÇKIEGO

LE TOMBEAU D'AGAMEMNON

FRAGMENT D'UN VOYAGE EN GRÈCE

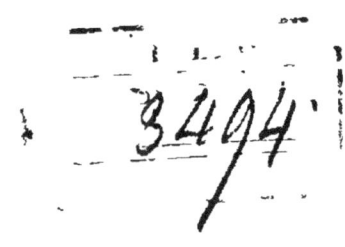

PARIS

TYPOGRAPHIE DE E. PLON ET Cie

RUE GARANCIÈRE, 8

1876

UN MOT SUR L'AUTEUR

Jules *Słowaçki,* un des trois grands poëtes de la Pologne depuis son malheureux démembrement, naquit à *Krzemienieç,* en Volhynie, l'année 1809, et mourut à Paris en 1849, à peine âgé de quarante ans. Des trois, il est, je crois, le moins connu de la critique étrangère, et même, dans la littérature de son propre pays, il n'occupe pas encore la place qu'il mérite d'avoir par son talent. *Miçkiewicz* l'a passé sous silence dans son cours de littérature slave au

Collége de France, soit par la raison que
Słowaçki s'est écarté de la tendance religieuse
qui domine dans la poésie polonaise depuis
Kochanowski (au xvie siècle) jusqu'à nos jours,
soit qu'il ait trouvé ses œuvres dépourvues du
calme harmonieux de la nature, et trop em-
preintes d'une surexcitation nerveuse et mala-
dive. Ils se rencontrèrent pourtant souvent,
pareils à des divinités rivales, recevant l'encens
des deux partis hostiles de l'émigration polonaise à Paris, et finirent tous les deux par se
laisser entraîner au courant mystique des idées
de *Towiański,* célèbre visionnaire polonais.

Słowaçki avait surtout des partisans fana-
tiques parmi ses tout jeunes et intelligents com-
patriotes. Je citerai, entre autres, Corneille
Ujejski, une des gloires vivantes de notre littérature moderne, qui déserta le toit paternel

pour aller écouter de près les dernières vibra-
tions de cette lyre merveilleuse, dont les cordes
nombreuses et sonores étaient déjà à moitié
brisées par la maladie. Plus tard, il donna à
son fils le nom de *Kordian*, et à sa fille celui
de *Lila-Weneda*, en mémoire du héros et de
l'héroïne les plus populaires et les plus sym-
pathiques des chefs - d'œuvre poétiques de
Słowaçki.

Notre maître incomparable, Sigismond *Kra-
siński*, apprécie dans *Słowaçki* la richesse des
idées et l'heureux choix des expressions. Il
ajoute : « Le ciel l'a doué d'un immense trésor
de poésie. »

Nul ne sut autant que lui assouplir la langue
polonaise pour exprimer les plus fines nuances,
et en tirer les sons les plus mélodieux. Son
drame, *Mazepa*, aurait impressionné et touché

les auditeurs de Sophocle par ses *moments* tra-
giques; il étonne et confond la critique moderne par l'audace et la tension émouvante de
ses scènes dramatiques. Une autre tragédie,
Balladyna, contient des récits et des situations
d'une beauté incontestable; mais l'auteur s'y
complaît trop dans la peinture de la méchanceté
humaine méditant et ourdissant des crimes
épouvantables. S'il pèche par exagération dans
le développement de l'action et de l'intrigue
dramatique, il est attachant toujours, et souvent d'une hardiesse de conception géniale et
d'une suavité d'expression inimitable. Son
poëme *Anhelli,* si bien fait pour être compris
par tout exilé polonais, eut les honneurs de la
traduction dans la *Revue des Deux Mondes;* un
autre, intitulé : *En Suisse,* n'eut pas la même
chance. Le sujet qu'il traite, *un Épisode d'amour,*

n'est pas neuf, mais, à cause même de son universalité, il peut être goûté par les lecteurs de tout pays et de tout temps, car qui de nous n'a pas aimé... et n'a pas souffert de son amour?... C'est le propre du poëte de formuler en accents mélodieux nos sentiments et nos passions, que, ne sachant pas exprimer aussi bien, nous sommes heureux de retrouver revêtus de la forme magique et du rhythme harmonieux dont les ont parés Victor Hugo ou Lamartine.

Ayant passé une partie notable de ma vie à admirer leurs œuvres magistrales, à tâcher de m'assimiler leur style et leur langage, j'ose offrir, sous leurs auspices, la traduction de ce petit poëme, dont je me suis efforcé de rendre, aussi exactement que possible, toutes les beautés artistiques, dans l'enchaînement des idées

et des événements successifs, depuis les pre-
miers battements de cœur de notre poëte à la
vue de sa *Beauté* dans un vallon de la Suisse,
puis dans la jouissance de l'amour satisfait, jusqu'à la séparation douloureuse de deux âmes
faites pour s'aimer et aux accents désespérés
du pauvre abandonné!...

Ma seule ambition est de suggérer au lec-
teur, par ce petit travail, le désir de faire plus
ample connaissance avec les magnifiques pro-
duits poétiques de la littérature polonaise, trop
peu connue malheureusement et trop peu ap-
préciée par l'élite des penseurs contemporains.

A MADAME THÉODORA M...

MON AMIE BIENVEILLANTE

Je vous dédie

Cette traduction,

Et la confie

A votre affection.

J'ai voulu reproduire avec fidélité,

Exactitude, amour, précision, clarté,

Les vers harmonieux de notre grand poëte, —

Travail, je pense, ingrat. Comment, en vérité,

Rendre expression, style, art, génie et beauté

De l'illustre écrivain dont je suis l'interprète?

CHARLES DE NOIRE-ISLE

Nice, 7 novembre 1875.

UN ÉPISODE EN SUISSE

2

UN

ÉPISODE EN SUISSE

I

Depuis qu'elle a passé comme un rêve doré,

Le chagrin m'étiole, et la douleur m'abîme;

Je ne sais vraiment pas pourquoi l'Ange adoré

N'a pris mon âme aussi dans son essor sublime?...

Que ne s'envola-t-elle aux limites des cieux,

Sur son aile azurée, aux grands espaces bleus?...

II

Aux Alpes de la Suisse, il est une cascade
Que fait l'*Aar* limpide, aux eaux d'un bleu d'azur.
— Oh! laissez-la décrire à mon esprit malade :
Voyez-vous l'arc-en-ciel sur le vallon obscur,
Comme une voûte d'or sur ses rives jetée,
Émaillant du brouillard la poussière argentée?
Sous le dôme éclatant passe un bel agneau blanc,
Broutant le noisetier au bord du précipice,
Ou sur l'herbe une rose à la couleur de sang.
Parfois une colombe en son vol, soit caprice,

2.

Soit l'attrait enchanteur du prisme radieux,

Le franchit en éclair, et plonge dans les cieux.

Elle m'apparut là si belle, éblouissante,

Faite de blanche écume et de lumière d'or,

Qu'elle obtint sur-le-champ ma foi la plus constante.

Elle était si brillante, illuminée encor

Par les rayons du jour, d'un ange ayant la forme,

L'œil reflétant le ciel dans son orbite énorme!

Mes yeux, la dévoilant de la tresse aux talons,

Y fixèrent, ravis, de l'amour les jalons...

Des sens gagnant le cœur, du cœur atteignant l'âme,

Soudain je fus saisi d'une subite flamme,

Au point d'oser franchir le cours d'eau d'un élan,

Pour nouer avec elle un gracieux roman.

J'avais peur de la voir, ombre, sylphide ou gnome,

Disparaître au toucher, et, glissant dans mes bras,

Se dissiper dans l'air ou l'eau, comme un fantôme,

Sans pouvoir maintenir ses splendides appas. .

Et, pareil au dormeur effrayé par son rêve,

Je tressaillis d'amour, croyant la posséder,

La voyant seule ainsi, la blonde fille d'Ève,
Sous l'arche du bon Dieu se laissant regarder.
Épris de passion pour sa beauté sévère,
Craintif, j'approchai d'elle, abaissant la paupière.

III

Je la suivis alors sur la cime des monts.

Jusqu'au pied du glacier nous allâmes ensemble,

Où la neige, arrivant tout près de nos talons,

Sous la forme de glace au grand monstre ressemble,

A la gueule écumante, au naseau tout fumant,

Gouffre bleu qui vomit le Rhône aux flots d'argent.

En ce lieu, par un temps d'une chaleur brûlante,

Le bruit sourd de nos voix fit bondir deux chevreuils,

Qui, paraissant savoir l'humaine joie ardente,

Immobiles, debout, posés comme des treuils,

Projetaient des éclairs de leurs noires prunelles,
De ma reine admirant les célestes grands yeux.
Ils paraissaient alors, fiers de formes si belles,
Entrecroisant leurs bois, de la voir tout joyeux.
Je dis : « Ils sont épris de ta grâce divine. »
A ces mots, de sa bouche entr'ouverte gaîment,
Un sourire effleurant sa lèvre purpurine
S'échappa; mais, hélas! il revint prestement
Au nid délicieux fait de perle et de rose;
Et, comme j'en parus tout heureux et content,
De blanche qu'elle était, je la vis toute rose.....
J'avoue, en vérité, rien ne m'émut autant :
Ni l'éclat de la fleur tout fraîchement éclose,
Ni la vierge de glace, au neigeux site alpin,
Quand sur le voyageur son fier regard se pose,
— L'aube rosée au ciel la teignant de carmin, —
Que sa pure rougeur sans honte ni reproche,
Suivant un doux sourire et née à son approche...

IV

Depuis lors, fortunés dans notre isolement,

Nous voguions sur l'azur du beau lac helvétique...

J'ignorais... Étions-nous en nacelle vraiment?

Car, hantant les esprits, j'appris d'eux l'art magique

De marcher sur les eaux et de voler dans l'air.

Elle me conduisait partout en souveraine,

Pareille au cygne blanc, le regard doux et clair,

Sur le lac enchanté, son ravissant domaine.

Flottant elle volait... La barque la suivant

Au vol, dans l'eau traçait un azuré sillage,

Où de gentils poissons étincelaient souvent,

Frétillant et sautant après elle à la nage.

Nous formions tous ainsi son cortége nombreux,

Souriant dans la joie au beau pays céleste

Soumis à la déesse au règne vaporeux,

Qui trônait sur le lac dans un maintien modeste,

Dirigeant sur son char colombes et dauphins,

Ayant de beaux palais de pur cristal sous l'onde,

— La nuit sombre, — l'éclat de ses rayons divins,

Et sur moi le pouvoir le plus puissant au monde.

V

Une fois cependant je doutai, près d'une heure,

Qu'elle fût un bel Ange au reflet éclatant...

Je confessai plus tard cette faute majeure.

Écoutez : Où de *Tell* le souvenir s'étend,

Tout près de sa chapelle, en sautant sur la rive,

Elle cria tout haut : « Je t'aime et te chéris »,

Et repoussa la barque au large, à la dérive,

De son poignet charmant. — En larmes je fondis,

Ne sachant où j'étais, où j'allais dans mon trouble...

Les séraphins ailés m'enlevaient-ils au ciel?

Le pur miroir de l'onde, au fond boueuse et trouble,

Voulait-il m'engloutir?... Le bonheur éternel

Commençait-il déjà pour mon âme en délire,

Les ailes lui poussant pour voler et partir?...

Saurai-je résister aux éclats de fou rire?

Mon cœur ne fondra-t-il, touché de repentir,

Comme glace au soleil, dans une tendre ivresse,

Recevant, plein d'amour, son bon Ange gardien?...

Et pourquoi ressent-il langueur, joie et tristesse?...

Cet essaim de pensers au vol aérien

M'assaillit en sursaut. On dirait une nue

De ramiers s'abattant pour savourer mes pleurs,

Y tremper leur plumage, et fuir dans l'avenue

Tracée au ciel, avec des étoiles pour fleurs...

Lorsque subitement, à l'appel de ma Fée,

L'esquif obéissant à son geste, à sa voix,

Des abîmes revint, docile à la bouffée,

Au bord, où je revis l'idole de mon choix.

VI

Près d'un bosquet touffu, dans un milieu sauvage,

Sous la paroi rocheuse ornée en haut de pins,

S'élève la chapelle au-dessus du rivage,

Où les prèmiers aveux, unissant nos destins,

Révélèrent l'amour débordant de nos âmes.

Sous le seuil en granit, on voit courir sur l'eau

L'ombre d'ifs aux rameaux pareils aux oriflammes

Des demi-dieux sylvains, flottant sur le coteau

Et les sombres rochers. — Là, fixant l'onde claire,

Nous nous entretenions d'adorables sujets;

Et la vague arrivait, rongeant le seuil de pierre,

Si limpide et mobile en ses flots indiscrets,

Qu'en un tableau mouvant traçant nos deux images,

Elle les rapprochait et joignait nos visages,

Bien que nous ne fussions l'un à l'autre liés

Que par nos doux aveux. — Ciel!... les flots, repliés

Par le malin zéphyr, réunirent nos lèvres

L'une à l'autre un instant, lorsqu'en réalité

Nos deux cœurs embrasés, libres encor des fièvres

Du désir, conservaient toute leur pureté.

L'onde folâtre ici, perfide en son empreinte,

En nous enveloppant d'un cercle lumineux,

Nos deux êtres fondit en une même étreinte...

Plus je songe et je rêve au flot vertigineux,

Plus je sens dans mon cœur une douleur réelle...

Onde traîtresse et folle! et pourtant si fidèle!!!

VII

Mon Ange éblouissant me conduisit un jour

Par la verte prairie en un caveau de glace.

Son teint lisse d'albâtre éclairait tout autour;

Sur son front pur et blanc, la gelée eut l'audace

De former une perle au sein de chaque fleur;

De la voûte tombaient, ruisselantes, des larmes;

Aux larmes suspendus, des lutins sans pudeur

Glissaient sur la *Beauté*, pudique en ses alarmes,

Qui, sentant que les pleurs étaient trop indiscrets,

Couvrit soigneusement le buste de sa mante,

3.

Cachant aux curieux ses beaux charmes secrets,

Croisant encor les bras, — cette pauvre innocente, —

Sur des trésors divins quoiqu'ils fussent voilés.

Elle se tint alors immobile, éclairée

Par les rayons brillants des cristaux tout perlés.

M'agenouillant aux pieds de ma sainte adorée,

Je dis, pour la nommer, un *Ave, Maria.* .

Comme la rose blanche, ou le blanc dahlia,

Laisse voir en s'ouvrant une rose corolle,

De même son front pur se couvrit de rougeur,

Et l'abaissant, pensive, au lieu d'une parole,

Au mur elle appuya son doigt d'un air songeur,

Paraissant dessiner l'initiale aimée,

Ou bien se recueillir dans sa prière au ciel;

Puis, vers moi se penchant, elle dit, animée :

« Je serai condamnée à l'enfer éternel

Pour mon amour peut-être... à geler sous la glace,

Dans un antre profond, horrible, humide et froid,

Comme la bulle d'air gelée à la surface,

Sans vie et sans chaleur, fixée à cet endroit...

Mais, voulant délivrer l'atome de lumière

Glacé par les frimas, un soupir suffira,

Sauvant par son ardeur la pauvre prisonnière... »

Aux lèvres me revint mon *Ave, Maria...*

VIII

ontons ensemble aux pics argentés par la neige,

levons-nous plus haut que chalets et bois verts;

u son de la clochette, à deux, faisons cortége

u troupeau mugissant, et prenons à revers

a *Jung-Frau,* pure vierge, irisée à l'aurore,

ù le cerf ombrageux se perd dans les brouillards,

ù l'aigle, coupant l'air, pareil au météore,

rojette au loin son ombre aux nuages épars.

 ma délicieuse! allons partout ensemble;

i nous ne revenons de nos excursions

Dans l'espace infini, qu'aux bonnes gens il semble
Nous avoir vus ravis aux vastes régions
De l'azur où, fixés aux étoiles filantes,
Nous planons sur le monde, enlevés dans les cieux,
Et laissons échapper des lueurs ruisselantes
En cascades de feu, comme signe d'adieux.

IX

Même les plus heureux ignorent où les frêles

Et doux esprits du ciel, en repliant leurs ailes,

Méditent au repos pareils aux cygnes blancs...

Oui, les plus curieux devineront à peine

Le chalet où ma belle et moi vivions contents,

  es roses à la porte embaumant notre haleine,

Les cerises s'offrant d'un beau rouge alentour,

Les rossignols épris chantant leurs mélodies,

A l'astre de la nuit racontant leur amour,

Au murmure de l'eau mêlant leurs harmonies,

Les cloches du troupeau résonnant dans les prés...

L'exprimer dignement me serait impossible,

Et vous le formuler en mots même à peu près.

Les roses, la prairie et le chalet paisible

Sont cachés dans un creux où notre ange gardien

Planait sur le vallon, protégeant nos mystères,

Ombrageant de son aile et le doux entretien,

Et les fleurs, et les chants, et nos aveux sincères.

X

Les jasmins exhalaient de trop fortes senteurs,

Et les roses montraient de trop vives rougeurs;

L'Amour en profita pour nous surprendre en traître...

Étant seuls, un matin, près de la chute d'eau,

Nous lisions et sentions une larme apparaître

Aux yeux, au livre éclose et venant du cerveau.

Un vif désir alors me prit, — irrésistible,

De porter mon regard du volume à son front;

Pensive, elle écoutait comme un ange visible,

Quand, pareil au nuage, un sentiment profond

De tristesse couvrit de rougeur son visage,

Et m'émut tellement, qu'épris, j'eus le courage

De poser un baiser sur sa lèvre en corail,

L'étreignant dans mes bras, candide et frémissante,

La couvant du regard, l'admirant en détail.

Un embarras fortuit à sa boucle ondoyante

Rompit soudain le charme et fit taire les sens.

Le vent nous amena de la chute, en visite,

Brouillard, pluie et vapeur, et des roses l'encens. .

La lecture en commun fut dès lors interdite.

XI

Son sourire charmant devint plus rare et froid,

Elle-même, plus triste après, plus pâle et blanche,

Occupée à cueillir rose, lilas, pervenche,

Enserrait ses pensers d'un cercle sombre, étroit...

Ou bien elle écoutait la source jaillissante

Silencieusement, comme fait le rêveur,

Le visage baissé, chagrine et languissante,

Toute seule à l'écart priant avec ferveur,

Par la crainte envahie et prête à la défense...

Pure et douce colombe, au ruisseau s'abreuvant,

Les yeux levés au ciel d'où vient la délivrance,
D'un pas lent et timide elle allait en rêvant,
N'ayant plus la vitesse au vol de l'hirondelle,
Songeant à la pudeur, sa compagne fidèle.

XII

Pour me justifier, la voyant à ce point

Changée à mon égard : « O mon Ange, lui dis-je,

Pardonnez-moi ma faute et ne m'en voulez point.

Le beau lis croissant là m'a donné le vertige...

Hier, dans le vallon, vous laviez votre sein

Et votre beau visage à l'eau de la rivière.

A côté, l'on dirait, vous attendant du bain

A la sortie, un lis dans l'ombre et le mystère

Élevant son calice éclatant de blancheur,

Semblant vous contempler avec joie et bonheur...

4.

Admirant de vos traits la beauté régulière.

Il me paraissait voir deux Anges purs et blancs

Se dresser lumineux en rêve imaginaire.

Tout ému, je frôlais, croyant perdre les sens,

Un pétale à la fleur; mais ce faible murmure,

Passant de feuille en feuille, arriva jusqu'à vous,

Par la frayeur grossi. — Quittant vite l'eau pure,

Et cherchant un abri discret sous les verrous,

Vous avez effleuré le lis dans votre marche,

Le foulant sous le buste, en détachant la fleur.

Et je m'extasiais, prisant votre démarche

Gracieuse et légère, allant tout droit au cœur,

En fauchant homme et lis dans sa course rapide.

Placé sur votre route, il trouva le tombeau...

Vous voyez que, non moi, mais bien le lis splendide,

Fut coupable aujourd'hui, près de là chute d'eau. »

XIII

Vase d'élection, cassolette d'encens,

Brûlant avec ardeur, mais à l'insu des sens!...

Elle-même ignorait la cause de la flamme,

Réfléchissant l'azur du ciel dans ses grands yeux,

Colorant son beau front, transfigurant son âme,

Bien vite étiolant la violette au creux

De sa chaste poitrine aux ondes trop hâtives...

Comme à sa mère, à Dieu confiant ses secrets,

Elle se confessait de ses erreurs naïves

Aux étoiles du soir, au lac pur, aux forêts.

A l'heure où le croissant de la nouvelle lune
Prépare un doux repos à son disque d'argent,
Où les fleurs embaumant font l'amour à la brune,
Où l'esprit se recueille et devient indulgent.

XIV

O ma belle adorée! Ah! pleine d'amertume,

Te plains-tu, larmoyante, aux séraphins bénis,

—Comme les malheureux de le faire ont coutume?—

Leur dis-tu les éclairs trouant les cieux ternis,

La tempête sifflant, la grotte obscure et sombre,

Où l'eau jaillit et forme un rideau de cristal,

Nos sentiments secrets, notre terreur dans l'ombre,

En même temps l'oubli du jugement final,

Des naïades en pleurs la plainte souterraine?...

Leur dis-tu que le jour, un moment obscurci,

Nous vit bouche sur bouche aspirant notre haleine?

Que le chant des oiseaux surprit nos cœurs ainsi?...

Leur parles-tu vraiment avec désespérance?...

De grâce! n'en dis rien, cher Ange, à tes pareils :

Aux pleurs en diamants de ta pure innocence,

Dans leurs yeux embrasés surgiraient des soleils!...

Car, si j'étais moi-même en ce monde céleste,

Un immortel ailé, rayonnant de splendeur,

Planant dans l'infini d'un vol sublime et leste,

Des étoiles le maître, insigne en sa grandeur,

Je ne voudrais plus certe illuminer l'espace;

Mais, abandonnant tout, astres, lumière et cieux,

Au bras de ta pareille adorant charme et grâce,

Je serais fou d'ivresse, étant sur terre au mieux!

XV

Ma *Beauté* n'osa pas quitter seule la grotte;

Elle avait peur de voir l'astre brillant du jour,

Craignant les vifs rayons de ce puissant despote,

Centre du monde entier gravitant tout autour.

Les pleurs du firmament réunis en nuage,

Reflétaient dans un arc les teintes de l'iris.

Surprise elle parut, sortant après l'orage,

De revoir rose et blanc, et la rose et le lis;

Elle prit une fleur, et relevant la tête,

Considéra longtemps le splendide arc-en-ciel,

Le dôme radieux, comme en un jour de fête,

Où nageait de la lune un fragment usuel,

Et le charme attrayant de la nature entière.

Revenue, on dirait, à la vie, elle allait

Écoutant, admirant couleur, forme et lumière,

Lorsque dans l'eau soudain elle vit son portrait;

Son visage, ayant pris un teint plus diaphane,

Gardait l'impression d'un douloureux arcane;

Sa lèvre plus vermeille, enchâssée en corail,

Laissait voir souriant un précieux émail,

Mais trahissant aussi l'abattement morose

D'un esprit trop craintif en proie au souvenir...

Voilant de ses cheveux son beau front pâle et rose,

Elle baissait les yeux en me voyant venir.

XVI

Au moment où paraît au ciel la lune aimée,

Les rossignols épris interrompent leurs chants;

Les feuilles, se taisant, pendent à la ramée,

Et l'eau paraît courir plus calme dans les champs;

Comme si le doux astre avait un mot à dire

A la belle nature, et désirait parler

A tout être qui vit, gazouille, aime et soupire.

Parfois aussi les chiens se mettent à hurler

Contre l'image en plein de la chaste Diane,

Portant, comme ceinture, un simple anneau d'argent.

Pas un souffle dans l'air où la déesse plane

Sur les doux cris d'oiseaux à l'amour s'engageant,

Le murmure des eaux, le froufrou de la feuille.

L'âme, à cette heure en butte à la morne douleur,

Pardonne, excuse, oublie, et priant se recueille.

De mon idole alors j'admirais la pâleur.

Et, tout près d'elle assis sur notre seuil rustique,

Nous causions d'un sujet purement angélique.

XVII

Pareille au son aigu de l'alouette aux cieux,

On entendait tinter la cloche de l'ermite.

« Allons, cher, me dit-elle, implorer le bon vieux;

Peut-être il absoudra notre amour illicite,

Et, nous joignant les mains, nous permettra d'aimer. »

Et, rentrant aussitôt dans son humble chaumière,

Pour changer sa coiffure, elle courut fermer

Persiennes et volets, pour se cacher entière

Aux regards curieux des oiseaux et des fleurs;

Puis m'apparut si belle en fille de montagne,

Que je faillis tomber d'émotion en pleurs,

Touché de la candeur qui toujours l'accompagne.

Son œil ne fut jamais plus fier et rayonnant,

Sa bouche plus vermeille et plus délicieuse...

Un papillon coquet, sur la tête trônant,

Protégeait son teint mat et sa peau précieuse,

Et, doucement baigné par la lumière d'or,

De son aile voilait le front divin dans l'ombre.

Des roses, par-dessous étalant leur trésor,

Curieuses, perçaient sous la voilette sombre,

Laissant voir leurs boutons tout frais épanouis.

Me sachant près du cœur, le papillon perfide,

Pour en ravir la vue à mes yeux éblouis,

A gauche se penchait, couvrant de son égide

Sa ravissante épaule. — Avec quel vif plaisir

J'aurais déchiré l'aile à ce monstre en colère!...

Pressentiments secrets présageant l'avenir!

Votre voix me semblait trompeuse et mensongère,

Tant j'étais glorieux, — de bonheur éperdu...

Contemplant, du plateau, le fond de la vallée,

Je crus voir le chalet en un cercueil fondu,

Noir, lugubre et hideux. Plus loin, près de l'allée,

Pareil au cimetière, émergeait du brouillard

Tristement le verger, jadis plein de cerises...

La cascade écumant, les pigeons babillards,

Les troupeaux bien distincts à leurs brunes chemises,

L'aspect dur des coteaux, les volets que la mort

Semblait avoir fermés... Tout m'apparut si sombre,

Que j'eus peur d'un malheur envoyé par le sort,

S'opposant au retour par un maudit encombre...

Un nuage brumeux s'étendit sur mon front,

Et je devins pensif, gravissant la colline...

Neige, glace, rochers, le lac obscur au fond,

Les sapins toujours verts décorant la ravine,

Les grands aigles planant au-dessus du glacier,

Le soleil, au couchant, comme du sang tout rouge,

L'ermitage sous neige au haut du pic altier,

Les fidèles gardiens enchaînés à leur bouge,

La croix de la chapelle où perchait un bouvreuil,

Les livres tout poudreux, l'ermite en sa cellule...

Tout passa devant moi comme un rêve en mon deuil...

Les rayons lumineux du jour au crépuscule

Doraient, je m'en souviens, du Christ le pur visage,

Quand sur son doigt glacé je posai, comme gage

De mon affection, l'anneau de fiancé. . . . . . .

. . . .

O beau rêve trompeur, rappelant le passé!!!

XVIII

Collines, frais bosquets, glacier, torrent, prairie !

Ne m'interrogez pas sur mon Ange envolé...

Mes larmes, inondant son image chérie,

M'empêchent de parler du bonheur écoulé,

Ma faible voix se perd au gouffre où ma pensée

S'abîme, dévoilant son grand œil radieux

Qui veut prendre en pitié mon ivresse insensée,

Ses lèvres m'accordant les délices des cieux...

Je tremble de froid, puis sens une ardeur brûlante ;

Je ne sais où me rendre, où trouver un abri

Pour pleurer en silence et rêver à l'absente;

Je retrace, isolé, les traits de ma Péri,

Ou j'écris son doux nom follement sur le sable;

J'erre, pâle, égaré, dans les buissons de fleurs,

Cherchant avec angoisse un trésor ineffable,

Et m'asseois, épuisé, sentant que je me meurs,

Sur une froide tombe à la pierre fendue,

Demandant à grands cris mon amante perdue...

XIX

La chute, jaillissant non loin de mon chalet,
Gémit d'un son plaintif, murmure et se lamente;
Sur l'arbre, un rossignol épris chante un couplet
De tendresse et d'amour... Par la vitre engageante
Passe un pâle reflet de Diane, la nuit,
Venant me caresser de sa douce lumière;
Cascade et rossignol, au ciel l'astre qui luit,
Viennent me réveiller sur mon lit de misère;
Je me lève en sursaut, je bondis de terreur,
Écoutant tous ces pleurs emplissant la vallée.

La chute bouillonnant qui gronde avec fureur,

Les oiseaux gazouillant l'amour à la volée,

Rappellent le bel Ange à mon cœur tout saignant.

J'implore en vain la mort, désirant son approche;

Je brûle et ne meurs pas, souffrant d'un mal poignant...

Et l'eau coule toujours, larmoyant sur la roche. .

XX

Quand je plonge en idée, au fond, dans le passé,

Je ne sais pas comment retracer son image...

Est-ce en colombe ouvrant l'aile, au brillant plumage,

Sur l'amant endormi, le tenant embrassé?...

Ou fuyant le danger, de peur toute tremblante?

Ou quand, lisant ensemble, elle ouvrait ses grands yeux

Pour suivre dans le livre une histoire touchante,

Attentive à ma voix, pour la comprendre mieux?. .

Ou quand, fidèlement de sa cour entourée,

On eût dit une reine au port majestueux?

Ou quand elle dormait, par un rêve attirée ?

Ou chassant dans les bois ?... ou, l'air voluptueux,

Quand elle promenait, par un beau clair de lune,

Blanche, disparaissant dans ses rayons d'argent ?...

Où, comme les pics, *rose,* à cette heure opportune

Où le soleil les baise, à l'horizon plongeant ?

XXI

Au crépuscule, quand s'illuminent les cieux
D'astres brillants, j'irai gravir la roche nue,
Prêt à suivre le vol des cygnes glorieux ;
Sur leur trace, bien loin je fuirai sous la nue...
. Soit ici, soit là-bas, au delà de la mer,
Ma pensée importune, en quelque lieu qu'elle erre,
Sombre, me laisse en proie au sentiment amer
Qui partout et toujours me poursuit et m'enserre.
Je ne rêve donc plus qu'à choisir un endroit
Plus clément et propice à ma morne tristesse,

6

Où nul être n'ira, s'abritant sous mon toit,

Froisser mon cœur saignant dans son âpre rudesse ;

Mais où les clairs rayons de la lune au zénith,

Scintillants et dorés de sa douce auréole,

S'infiltreront dans l'âme à l'étui de granit,

Pourqu'elleseréveille...aime...admire...et s'envole.

FIN.

FRAGMENT D'UN VOYAGE EN GRÈCE

LE

TOMBEAU D'AGAMEMNON

PAR

JULES SŁOWAÇKI

TOMBEAU D'AGAMEMNON

Vibre encore, ma lyre, émets un triste son,

Conforme à ma pensée inquiète et rêveuse :

Dans le sombre tombeau du grand Agamemnon,

Sépulcre souterrain, à voûte ténébreuse,

Souillé du sang maudit des Atrides cruels,

Seul et grave, je songe au destin des mortels.

J'entends au loin l'écho de la harpe céleste,

Redisant les forfaits de la race funeste,

Dont la plainte m'arrive avec le doux zéphyr,

Dans cet obscur séjour, à travers la fissure

Des blocs taillés : d'Électre on dirait le soupir,
Lorsque, séchant la toile, elle pleure et murmure.

La brise, en lutinant, rompt le fil d'Arachné,
Abattant le fuseau de l'aimable ouvrière;
Le serpolet fleurit sur le mont calciné;
L'Aquilon, s'engouffrant dans la ruine altière,
Entraîne le duvet, germes aux fleurs ravis,
Flottant dans le caveau, pareils à des esprits.

Le grillon dans les champs, pour trouver un refuge
Contre les chauds rayons d'un soleil trop ardent,
Se cache sous la pierre, et semble être mon juge,
M'imposant le silence avec son cri strident...
Obéis à cet ordre, infortuné poëte;
A la tombe pareil, tais-toi, courbant la tête!

Je suis morne et pensif, humble en ma nullité,
Dans mon recueillement muet comme un Atride,
Dont surveille la cendre un grillon en gaîté;

N'aspirant plus au vol de l'aigle aux cieux rapide,

Évoquant le passé, penché sur le cercueil,

Asile du pouvoir, du crime et de l'orgueil.

Au-dessus de la porte, en haut, dans l'interstice

Des grands blocs de granit, pousse un jeune arbrisseau,

Étalant sur le mur sa feuille sombre et lisse,

Dont apporta la graine un ramier, un moineau...

Il empêchait le jour d'éclairer le caveau;

J'en cueillis une branche ombrageant l'orifice.

Nul spectre n'apparut, protégeant le buisson,

Je n'entendis gémir nul esprit ou fantôme;

J'agrandis seulement la fente en la cloison,

Par où le clair soleil pénétra sous le dôme;

Rayon... ou corde d'or de l'instrument divin,

Que l'immortel poëte, Homère, avait en main!

Je tâchai de saisir la corde lumineuse,

Pour la faire vibrer d'un son mélodieux,

Et bondir sous mes doigts, obligeant la charmeuse
A chanter le néant des héros glorieux,
Tas de cendre à présent. — Mais à peine effleurée,
Elle se rompt soudain, muette, évaporée!...

Tel est donc mon destin! Sur une tombe assis,
Être en proie au chagrin... aux amères pensées!...
Mes rêves de bonheur s'écroulent en débris;
J'ai pour seuls auditeurs des ombres empressées,
Et ma lyre se brise... A cheval!... En avant!...
Courons à la lumière, au bruit, avec le vent!...

A cheval!... En avant, le long de la rivière,
Qui roule des lauriers la fleur rose, au lieu d'eau.
Des éclairs dans les yeux, grondant comme un tonnerre
Poussé par l'ouragan hurlant sur le plateau,
Mon coursier vole et fuit, jusques à ce qu'il tombe
A l'endroit où des preux se dresse au loin la tombe!

Où donc va-t-il s'abattre? Aux Thermopyles?... Non!
J'en suis indigne au ciel! Plutôt à Chéronée;

Car je suis d'un pays où l'espoir est sans nom,
Un beau rêve trompeur dans notre destinée...
Il n'a qu'à choir sans vie au tertre sépulcral,
Pareil à ceux qu'on voit couvrant mon sol natal...

De Sparte les guerriers, en valeur difficiles,
Maudiraient, me voyant franchir les Thermopyles;
Car je suis d'un pays d'ilotes tout tremblants,
Où l'âpre désespoir n'élève pas de tombe,
Où dans les chauds combats, même les plus sanglants,
Une moitié survit à celle qui succombe.

Je n'aurais pas le front d'arrêter mon cheval
En ce lieu plein de gloire et de grand sacrifice;
Car pour moi, Polonais, triste esclave et vassal,
Voir ces morts glorieux serait un vrai supplice...
Je n'oserais braver le regard des martyrs,
Ayant la chaîne aux pieds, et rien que des soupirs...

Aux Thermopyles... Dieu! Que dire? et que répondre,
Aux mânes des héros à ma vue accourus,

Couverts d'un noble sang bien fait pour me confondre,

M'interrogeant : « *Combien de soldats résolus*

A mourir étiez-vous?... Quel était votre nombre?... »

J'aurais rougi de honte en me cachant dans l'ombre..

Aux Thermopyles, oui! Sans le moindre embarras,

Sans habits à revers et sans riche ceinture,

Gît le cadavre nu du grand Léonidas,

Ame forte et virile en sa grande nature,

Que son peuple admira longtemps avec ferveur,

Le bénissant encor comme un puissant sauveur.

Tant que ton âme pure, ô Pologne asservie!

Restera travestie en de vils oripeaux,

Sous le joug des tyrans tu passeras ta vie,

Sans pouvoir te venger, déchirée en lambeaux,

Puis traînée au gibet et couchée en la bière

Par l'ennemi féroce et sourd à ta prière.

Rejette de ton corps ton vêtement abject,

De Déjanire en feu la tunique brûlante,

Et, comme une statue au bel et fier aspect,
Montre-toi toute nue, en ta grâce imposante,
Dans le Styx retrempée en courage et vigueur,
Sans honte ni reproche, immortelle en ton cœur!...

Lève-toi, Nation, de la tombe entr'ouverte!
Étonne dans le Nord les peuples stupéfaits,
T'élançant d'un seul jet, bloc qui les déconcerte
Par sa masse et grandeur, défiant tous les traits,
Des yeux lançant la foudre et des mains le tonnerre,
Du feu de ton regard illuminant la terre!...

O Pologne! on te leurre avec de vains hochets,
Amusant tes instincts de paon et de perruche,
Rien que pour t'enchaîner prise dans les filets!
Mes vers s'émousseront sur tes plumes d'autruche,
Sans te piquer au vif dans ta frivolité...
Je le sais, et je sens ma propre vanité!..

Maudis-moi, mais frémis! car je te poursuivrai
Avec la verge en main de la sombre Euménide!...

Fille de Prométhée, un vautour, il est vrai,
Te ronge non le cœur, mais ta cervelle humide...
Devant même salir ma muse de ton sang,
J'atteindrai tout au fond, te lacérant le flanc!

Crie, étouffe de rage et maudis, si tu l'oses,
Ton fils dénaturé! Mais la main que tu poses
Sur moi, sache-le bien, dans ta pâle fureur,
Se détachant du tronc, flottant comme une épave,
Par le démon sera jetée avec horreur...
Ton injure est sans force, humble et servile esclave!!!

PARIS. TYPOGRAPHIE E. PLON ET Cⁱᵉ, RUE GARANCIÈRE, 8.

POËTES ILLUSTRES DE LA POLOGNE

AU XIXᵉ SIÈCLE

———

SIGISMOND KRASIŃSKI

www.ingramcontent.com/pod-product-compliance
Lightning Source LLC
Chambersburg PA
CBHW070823260626
47161CB00006B/2385